Ye

21003

EBAVDISSMEN
DIIONNOY
SV L'HEVRÒSE
NAISSANCE
DE MONSEIGNEVR
DVC de Bregogne.

À DIJON

Chez PIERRE PALLIOT, Imprimeur du Roy,
du Reverend. Evêque Duc de Langres,
des Eſtats, & de la Ville, à la Reine
de Paix devant la Cour du Palais.

──────────────

Avec Permiſsion
M. DC. LXXXII.

E'BAVDISSEMEN

DIIONNOY

Su l'heurôſe naiſſance de Mon-
ſeigneur Duc de Bregogne.

ENfin é-tu requeneuſſu
commen i tenon lou deſſu ,
çat-ay ce cô que lai Bregogne
Maugrai lai jailouſie qui grogne ;
Fai voi ai lay barbe dé gén
Ce que depeu pu de mile an
Tan de Prince guarrié & ſaige
Li on forai de porvilaige.
Note Roy lou pû gran dé Roy ,
Qui ai dontay en tan d'endroy
Les-Hôlandoy aivô l'Eſpaigne
Suppotée de ço d'Aullemaigne ,
Sen at expliquai net & cor
En regadan tôte lai Cor

Emaffée po voi ley gefaigne
De lai graiciouse Dauphaigne.
Su le chan qu'on vi que ç'étoo
In beà garçon tôt ofitoo
Lou jeune & coreigô gran Peire
S'éprôchan du lei de lai Meire
Et du Peire qui étoo lay
Préquai demi éfeurfantay ,
Difi qu'ai veloo que ce Prince
Feuffe Duc de note Prôvince.
Ofitoo di ofitoo fay
On envoyi de tô côtay
Tan fu lai Mar que fu lai Tarre
Dé Meffaigé , aifin déparre
Qu'on ne voirré pu lai faifon
V'ou lé cadai de lai Moifon
Airon ce lôpin fi tré dogne
Lou beá Duché de lay Bregogne.
I voify veny lou Correi
Ioyô , aidon quai l'epotei
Ai Monfieu Iôly lai nôuelle ;
Tô pendrilloo aivau lai felle
Lé coroo & les etrié
Aifin détre putoo ai pié
& d'informai monfieu lou Maire
Deligemmen de cet aifaire,

Lé Sorjan qui étain plantaí
Vé sai pote ansin que deu Maí
Su cé pairôlle sembruire
Pu for quon ne seroo dire
por évati les Echevin
De faire bôtre odre ai dou vin
Ma du pu frian de lài Velle
Por rejoui lai gargamelle.
Ay faisire bé lo deuoir,
On voisi chiclai jeuqu'au soir
Du vin en si grande bôbance
Qu'en genei s'enflire no panse.
On crioo lai téte é bareá
Coreige enfan ai ni é poin d'eá;
On jettoo de pain ene graule
Si tré roide que mon épaule
En à blôssie en in endroi;
I'aullin crian viue lou Roy
Monseigneu lou Dauphin de France,
Lai gueule étenduë comme ene anse
Ie rébraili pu déne foi
Lou Duc, lou Dauphin, & lou Roy.
Ene Daime dessu saí pote
Embaguée ma de belle sote,
Iettoo lay draigée é deu main,
I'en étraipi pu de cent grain

'Aipré lai par de mai femelle
Le reste aulli dan mai gôbelle,
Ce na pa fai, lai neu ueni,
Iébandenni & fanne & ni
Por me champoié dan lé ruë,
Tô du lon & és évenuë
Chandelle icy chandelle ilai ;
Ie cude qu'ai fu bé brelai
Quatre cen môle de groo boo,
Por dé faigô ai li en aivoo
Ene fi grande quantitai
Que nun ne le feroo contai.
Iaimoi pendan lai Meire Fôlle
Ai n'a ran etai de fi drôlle.
Fanne, Fille, Homme, ai garçon
Paule maule aullein fan faiçon.
Rôbe noire aivôo rôbe grife.
Quatte gran grivoy en chemife
En lo queuffe dé calefon
Des raimea autor de lo fron
Aivô des bande de liarre
Quai faifin trenai jeuqu'ai tarre
Aipré quelle aivin fai cen tor
En tonoian deffu lo cor
Potein in Bachus aigreable
Su in toneá de table en table,

Qui chantoo lou varre ai lai main,
Beuvon beuvon jeuquai demain
Et qu'on séguôzille de dire
Heurô jor ai jaimoi l'Empire
Que gouvane LOUIS LE GRAN
Aipré in si nôble presan
Quai ven de faire ai lay Bregogne.
Ai fau s'enluminai lai trogne
En beuvan farme ay sai santai,
Téte nuë je lai vai potai,
Aipeu ai no forei redire
Heurô jor ai jaimoy l'Empire
Su tô les autre fleurissan
Que gouvane LOVIS LE GRAN.
Ai l'en dégoisi pu de trante
Es échaifau & dan lé tante.
Le jor seugan ce fu bé pei
Ai ni aivoo pa in catei
Des set Paroisse de lai velle
Vou tô naulisse por ecuelle.
Depeu que Dijon à Dijon,
Et qu'on écrase lou borjon.
On ni é veu tan de marvoaille
Ni rejoüissance paroaille.
Ce nétoo que bru de tambor
Dan lay Velle & por le fobor,

On Voiſoo paſſai lé dizaine ;
Qui aüllein ché lo Capitaine ;
Bé raingee & en bel airroy,
Et de lai au logi du Roy
Tiré dé cô de mouſquetade ;
Le Sorjan de los haullebade
Feſain le tor du môlinai
Po teni libre lou paivai.
Tôtte lé cor feſſemblire
Et peu aipré ai ſen aullire
Vetu de lo rôbe d'honeur
D'écarlaite, oſi de veleur,
Au TE DEVM qui fu chantai
Su in ar comme on mé contai
De compôſition nôvelle
Qu'ai nôtai Monſieu Fargeonelle.
Ai ne fu pa ſi to fini,
Qu'en tô le clochey on ſeni ;
I croy que jaimoy ſu lai tarre
On né fai in tei tintamarre.
Lé canon tirein ſu lé tor
Du Chaiteá ſi farme & ſi for ;
Qu'enqueiqu' endroi qu'on ſe trôviſſe
Ai ſennoo que tôt ebimiſſe.
Lai pôvre Tor Sain Nicôula
Haila i ne ten pale pa ;

Quan

Quan ji raivé lou cœu men saigne.
Son artillerie en campaigne.
S'en at aullée, ma que veux tu
Ca lou Moitre qui lé velu.
Pendant tô ce remue-manaige
Qu'on faisoo de tô côtay raige
I chemenoo tôt ebaubi.
Quan tôt ai cô i mévisi
D'allai ai lai pote Guillaume
I voisi vé lou jeu dé paume
In beá Chairiô trionfan
Seugu de pu dé mil enfan
Qui criain jeuquai paidre haleine
Vive lou Roy ; vive lai Reine,
Vive Monseigneu le Dauphain
Sai fanne & lot enfan benain
De qui voilai lai remanbrance
Entre les deu bray de lai France.
Lou Chairiô du Roi Davi
N'éplue pa tan que cetu-ci
Et cetu-lai vou Marc-Anthone
Boilloo careire ay sai parsonne
Quan ai l'aulloo passai lou tan
Vé Cliôpaitre au né frian
Quei que dorai o tor dé reuë
Ni évaroo pa de cen leuë.

B

Ce riche Char étoo trenaî
Po quatre chevau idomtai.
Que l'ou Genei de lai Bregogné
Faiſoo aullai droi en beſogne.
Pu bá que lai France deu ban,
L'vn ai ſé pié l'autre au devan
Potein de lai dareire raice
Chaique Duc etan dan ſai plaice ;
L'hady Phelipe ai ſon côtai
Aivoo Iean ſan pôo eſſetai
Et Chale qui meuroo d'envie
Derigôtay pendant ſai vie
Etoo come ai la de raiſon
Plantai vé Phelipe le bon.
Tô quatre aivein for bonne graice
Lou premei potoo ſai curaiſſe
L'autre in mantea tomban en flô
Semay haut & ba de raibô
Et du troiſeime lai figure
Etoo hebillée de forure
De ſon cô pandoo lai Toiſon
Ai ſe quaroo come in oſon.
Ou come in pan qui dan ſai couë
Se mire, aidon quai fai lai rouë.
Lou darei tô vetu de far
Manioo fieremen ſon dar,

Son dar, nena cétoo fai lance
Pro de fe combaitre ai outrance.
Dan lé reuë on aivoo écri
Mov me tade; Ie l'ay empri;
Avtre narai; Ansin ie baille;
Des senav d'estoqve et de tail-
On i lifoo en in endroi   [le.
Du laitin qui comme ie croi
Veloo dire poreuanture
Que ce ché dœuvre de naiture
Feloo corre de tô côtai
D'aife lé gen fan féretai.
Devan cet ouvraige fi daigne
Cinquante homme de bonne maigne
Tô vetu de moime faiçon
Se tenan farme dan l'arçon.
Su lo juftaucor on voyoo
Lai brôderie qui épluoo
Entrelaiffée d'argen & d'or
Checun fu fon chaipea intor
Potoo de pu feigne pleumaiche
Ai l'aivin chauffé dé gamaiche
Taillée comme dé brôdequin
Aivô dé pea de marôquin.
Ai l'aitein montai en fain George
Dé côdinde qui fe rengorge

Ne tenne tan lo gravetai
Qu'ai faifin tretô ce jor lai,
Bride en main & los epée nuë
Ai marchein anfin po lé ruë.
Lo draipea cétoo l'Oriflian
Qu'on poti contre lé Flaiman
Et contre lou traitre Artevelle
Quan on le bôti en jaivelle.
Lay couleur de cet'etandar
Ca demi jaune & demi var.
Quatre auboy qui menein lai féte
Chevaulein en ran ai lo téte,
Ecompagné de deu tambor
Qui n'aivein de pairoaille ai lor;
Por baittre lai marche Draigone
I meffure quai ni é parfone
Tan futti dé deu main fo-tai,
Qui fe vante de lo montrai.
Aipré lor, dôze peti paige
Efeutai come ce-zimaige
Que Marjau ven pendan létai
Ai çoo qui en venne échetai
Ofi difpô que dé aiguaiffe
En totevillan de la faiffe
Menein in criquet tô gani
De livrée & de ragoni.

Lou foir on voifi de foleire,
E' fenetre tan de lumeire
Quai faifoo pu clar que de ior.
D'aucun aivein deuan ché lor
Des devifes enlumignée
Dautre deffu lo chemenée
Aivein bôtu de chauderon,
Plein de graiffe & de gauderon.
Su tô le Clochey de lai Velle
On voifoo flambea & chandelle,
Fraire Baudry dé Codelei
Aivoo potai in ploin penei
Su lo taraffe de fefée
Si beá & fi be difpôfée
Aivô dôze cen tapereá
Quai ni aivoo ran de fi beá.
Les Minime dan quatre bure
Potire lo veille friture
Defu lo fucrei barôlai
Qui rendoo in feu viôlai
Po laimor que lo moiche étoo
Compôfée de veille coroo.
Le caipuchin faifire meu
Ai breulire tô lo vieu meu
O fi be nôfain tai lé vendre
L'Hopitau fe faifoo entendre

En carillonnan fi tré for,
Que l'Ouche en paffi fu fon bor.
Lé Carme aivein en aibondance
De lai graiffe de roo be rance,
Ai l'éjeutire prôpreman
Dan dé pô de tarre de ran.
Qui faifein du Clochei lai ronde
Celairaviffi tô le monde
I croi bé que là Iaicôpain
Nétain cor en fi beá chemain
Car ai foroo étre lemaiffe
Po les écufé de pairaiffe
Durant trois maiteiné lé gueux
Aivire du pain é Chatreux
De lai fôpe & de lai vaignée
Dequei ai peinturein lo née.
Lé Iefuitre que j'oublioo
Montrire quai nepatenoo
Qué Confraire de Sain Ignaice
De tô faire de bonne graice.
Bon nombre d'Echôlié couvar
Et brave come dé Cefar
Se bôttire dezô les arme
Iaimoi ai ne fu tei vacarme,
Car fai dechargein queique cô
Ai mirain au travar dé chô,

Ai l'aivein po lo Capitaine
In Marqui de raice ancienne
Ca de lai raice de DE SAV
Po farvi lou Roi tôjor chau
Taimoin ce Mairichau de France
Qui j'aimoi néprehandi lance
Et qui faivoo bé fe môquai
D'épée, de cainon, de mufquai
Quan lou failu de lai paitrie
Li faifoo prôdigai fai vie.
Les Orfule, lé Carmelaigne,
Lé Repantie, lé Banadaigne,
De St. Iulien les Daime ofi
Senein tan que lai neu duri.
Lé Daime de Sainte Mairie
Queique lay fievre en fay furie
Tormentiffe dan lo Couvan
Ene Daime quai l'aime tan
Nérétire pa lé dareire
Ai faire clairé dé lemeire
Lé Iaicoupaigne jeuqu-au jor
Senin & refenein ché lor.
De moime ché lé fœur Caiffôtte
Po le Couvan de lai roulôtte
Qui nei ni cloche ni grillô
Ai chairivairioo din pô

Fraire Glaude de l'Oratoire
Ne laiſſoo nun paôai ſan boire.
Ai faiſi in feu ſi tré gran
Que lai flame tôchoo lou tan
Lés œillet de Monſieu Delande
En danſire lai ſarabande
Et come ai coroo in gran van
Ai lécoutri du parpié blan
Lié aivô de lai ficelle
Por empoché que lai chandelle
Ne ſétoigniſſe tôt ai cô,
Ai faiſi tan quai breuli tô.
Et cé Mone qui dan lo paitte
Pote dé petite baguette
Elemire ſu lo clochei
In feu qu'on voiſoo doô Morei.
Palon de ce deu porſenaige
De lai Bregogne lé pu ſaige
Monſieu lou premei Preſidan
Son voiſin Monſieu l'Intendan
I ſoutaroo bé quai breulire
Tô deu pu din quintau de cire;
Checun diſoo de lo moiſon
Ca deu lugne ſu l'horiſon.
Pa le ruë tôt y rejonſloo
De table bé garnie de roo

On

On i voioo porvifion
De patai & de jambion
Du vin des au, de montevaigne
Qui rejoui ço qui fon graigne ;
Bôtaille icy, i lay flaccon,
L'vn difoo ie le trôve bon
Vn autre pouffe enfonce & cogne
De ce cidre de lai Bregogne
Si aivan dan ton eftômá
Quai len refote pô le bá.
Dan ce tan lé gen lé pu riche
De feffetai naitein pa chiche
Vé le peuvre qui ce foir lai
Maingein fu lai quemunautai.
Su lou paron ou lai Ieuftice
Fai paffai lé Marchan dépiffe
Lé Daime de ce catei lai
Tretôte aivein potai lo plai.
Lo manton brannein en cadence,
Ce nétoo que rejouiffance
Que quôlibet & que bon mô
Au fon de trompette & dé pô
On lé voifoo potai dé bringue
Et fe recriai tope & tingue,
Beuvan & rebeuvan vin foy
Ai lai fantai de note Roy

C

De fai Fanne & de fon Garçon
De lai Meire ou du Poupon,
Troi chambelaire qui voifi
Beuuire tan quai lo failli
Devan le monde rendre gorge,
Elle s'etein bôttuë dan lorge
De lay grande pô quelle aivein
Quai ny demeuriffe dou vin,
Et la potan jeufte de dire
Que lo moitreffe n'en preniré
Qu'autan que parmet lai raifon,
On voifoo clairré ai foifon
En hau en ba de lai chandelle,
Lai taipifferie lai pu belle
Qui feuffe dan les environ
Fesoo le tor de ce paron
In luftre de criftau lufan
Etoo pendu droit au moitan,
Ene feule chôfe chôquoo
Ca qu'au fin deffu on voifoo
Ene dôzaine de couvô
Quai l'aivein fai farvi de pô
Po faire clairé l'artifice
Vé lai Force & vé lai Ieuftice
qui fe tonain d'autte côtai
Tan fé pô fautain lo raitai.

Ene chôfe me ven en téte
Dé pû plaifante de lai fète ;
In Monfieu quai ne fau nommai
Botti ordre ai dôze bon plai,
Rempli de paté de gelaigne
Po recationai fé Voifaigne,
Moime ai lé poyi fu le chan
En bon & bea Loüi d'arjan.
Du voifinaige éne feumelle
Li en veloo baillé dan l'aile
En li juan in pié de por
Ma ce Monfieu faifi lou tor.
Elle aivoo ché lor éne trôpe
Meuffée, de feigne némôte
Po fe gliffé dans lou repas ;
Lu lou faichan doubli le pas,
Po faire épotai lai cufene
Dan fai moifon qui a prôchene,
De çetei de che Mondefar
Ai qui ai difi net & clar
Jai dreffé ene table ronde.
Ché no por i traité mon monde,
Ai l'inftan que note foupai
Seré queû, ai fau lé potai.
Cé fanne qui étein venuë
Mengire des côque-cigruë,

Et penaude en fe regadan
N'aivire ai gôbai que du van,
Aipré qu'on û rempli lai panfe
Ai failli fongé ai lai danfe
Lé Menetrei, lé viôlon,
Lé viôle, aivô lé clairon
Su lo pié anfin que de gruë
Menain ai chaique coin de ruë
Le refu daimor, lé poulô,
On i juoo au chaipifô,
Au trou maidaime, ai lai menicle,
Ai boche au far, ai lai brenicle,
Ai l'auboy qui i veu sôfflai,
Au caiche, caiche chôfc lai,
Et ço qu'aitin dan lé zécraigne
Fefain au tor de St. Beraigne.
On potoo de coulation
Ché le gen de condition
Ce nétoo que patifferie
que confiture & feucrerie
qu'on envioo de tôte par
Ai jettain de fefée en l'ar
qui côtein di fran lai dôzaine,
Ma po lor ce nétoo gran peine,
Car ai fe môque de l'arjan
Come lé diale din forjan;

Cij

Et fe fôcie d'éne piftôle
Cen foi moin que no déne ôbole.
Féte dey quai faifin lé fô
Tôt aullo fan deffu defô.
Lo Lacquai & lo Chambeleire
Se tenein ai farrecrôpeire.
Cete vie duri quinze jor
Tantó belleman tantó for
Seugan que lé neu êtein belle
On fégraillifoo po lai Velle.
Je compôfire in regiman
Qui etoo de fix feuleman
J'aivoo au coutai lai rapeire
Su mon épaule éne banneire
Et fu mon chaipeá in laiffô
Qui lio lai quouë din poulô,
Les cinq aiuein dé carabaigne
Faitte du tan de Mellufaigne.
In jor entrautre lou bea jeu
De l'harquebuze fi tan de feu
Quai l'euzi in milié de poudre
Quen dis tu? ça lai en découdre
Ai laitein bé enuiron cen
Qui tirein ai tô bou de chan,
Ma dé cô de fi rude fotte
Quai len démangonein lé pote.

Lou sieur Jean Baptiste Goujon
L'vn des Echeuin de Dijon
Enseigne de lo compagnie
Tenoo sarée dan sai pognie
Ene pique en les condeusan
Ai montire chemain faisan
Su lai Tarasse si suparbe
quelle fai és autres lai barbe
Ai peu quand ai fure dessu
On entendi tiré si dru,
que lou reste de lai neutée
Mai çarvelle en fu démontée
Tô ce que jai di cy deuan
Au pri de ce qui seult na ran
Lai Maigistrature d'amblée
Resoudi dans vne essamblée
quai failoo po lai Sain LOVI
Rendre tô Dijon ôbloui
Ene fouleire fu concluë
Lai pu belle quon oo voisuë
Ai ce qui croi d' peu lon tan
Moime au dire de veille gen
Lé Jesuitre qui ne son béte
Quei quai potein desu lo téte
Dô cone ai foison comme on sçait
En inventire lou sujet.

On voioo lai FRANCE effetée
Ve lai VICTOIRE éretée
Qui montroo lai FELICITAI
Tenan dan fon chaiffô dorai
Lou peti DVC bea come in ainge
Qui fotoo ai demi du lainge
Por regadai de tote par,
Lai BREGOGNE lé brai en l'ar
Et l'vn de deu genon en tarre
L'inviroo humblemen de parre
Lai Corone de fon Pai;
Ai ne fen fau pa ébahi,
Qui ne fcai qu'autrefoi lai France
Aivô lei fi tei convenance
Quai ne fe quitterain jaimoy
Depeu que Clouvis lou gran Roy
Aivi charché en mairiaige
Clôtide lou pretieu gaige
De ce tah folennel accor
Qu'on voi qui fe fôten tôjor.
Lai PAIX juoo fon porfeneige
Ve lai JOIE de qui lou vifaige
Temoignoo que ce bel enfan
Se contantoo d'in tei prefan.
Qu'en dépei de lai deftignée
Le confarve tai milannée

Pô execurai lou deſſain
On mi en beſogne lai main
De Duboi qui ſe ſai bé parre
Po foüillai lou boo ai lai piarre
Le mabre noir oſi le blan
Tretô li ſon indiferan.
Ai dreſſi ene architrecture
Lay meu diſpôſée je meſſure
Que Dijon en op vû jaimoi
Tôt i étoo dan ſon endroi.
Au deſſu de ce gran ôuvraige
Lai RENOVME'E din bea corſeige
Ligei & bé repreſantai
Trompetoo de to lé côtai;
Eſſuran lé gen de lai tarre
Qu'élle etoo lai por lo z'éparre
Que lai Bregogne mashuan
Nairoo pu quai paſſai ſon tan,
Aiprée cete fote eſſurance
Dé bontai dou gran Roy de France.
Lé grenade, lé ſauciſſon,
Lé taipereá & lé balon,
Le lance ai feu & lé feuſée
Fure aidroitemen ejancée.
Chaicun ſçai que Monſieu Banat
A dan ce metey moitre clar,

Et

Et qu'ai lentan meu qu'on ne pance,
Dequai faiçon celai fejance.
Si to que lai jonée veni
On faifi foti de lo ni
Ces fiere ofea de Sain Piarre
Qui fe tenein fu lo bon quarre,
Au bru que faifein le tambor
Ai fenvôlire de ché lor,
Por aullai joindre lo dizaine
Qui prenire lô Capitaine
Environnai de sé Sorjan
qui lé rengire tó de ran.
I ne croi pa que de mai vie
Jó vû ene tai compagnie.
Ai n' patén quai có gen lai
De fe faivoi bé gouvanai
Quand ai la metei de lai guarre.
En bon ordre ai fen fure parre
Monfieu lou Maire fu lai fin
Vou ai létoo de fon feftin.
Lé fanfare lé férénade
Lé cri de joie & les hautbade
Ecompaignire ce repas.
Lé Sorjan néchaipire pas
De forai dedan lo gargaiffe
Du roo, du patai, des bequaiffe

D

Dabor quon defarvoo lé plaî
Tretô tachein d'en etrapai,
I ne fauvi ran que troi cou
De deux Albran, & d'in poulou.
Lai Chambre i étoo tôtte enteire
On fe rendi vé lai fouleire
Cepandan quon toni troi foi
On entendoo vive lou Roy.
Aipré quei lai moche ellemée
Fi parre lou feu fan feumée
Jaimoi ie ne voifi fi clar,
Ai pu dene gran leuë en l'ar
Tôt i étoo rempli d'épluë
Lé chein fe fauvein po lé ruë
De tei roideur quai renverfein
Otan d'enfan quai rencontrein.
Ene Fanne qui étoo vé moi
Piffi dan lé chauffe d'éffroy,
Potan lé chôfe fe paffire
De fote quelle ne gatire
Ran de çe quon eprehandoo
De tô cotay on entendoo
Pendan ce tan lai des trompettes
Les Viôlons & les mufettes,
Les flageôlet & les baffon
Repetein tretô dé chanfon.

Aipré tôtte cé belle aiffaire
On remeni Monfieu lou ᴍaire
Meffieu les Echevin offi
Qui aivein tan pri de foûci,
Por celebrai cete jonée
Qui fait l'heurôfe deftinée
De lai Bregogne po tòjor
Ai peu on paffi jeuquau jor
En faifan eclairé dan lai Velle
Du boo, dé faigô, dé chandelle
De moime qu'au jor précédan
Ché lé petit & ché lé gran.

DE L'IMPRIMERIE
De Pierre Palliot, Imprimeur
du Roy.

www.ingramcontent.com/pod-product-compliance
Lightning Source LLC
Chambersburg PA
CBHW061623180626
46818CB00005B/2213